U0007175

公主出任務8

THE *Princess* IN **BLACK** 巨大的麻煩

文╱珊寧·海爾 & 迪恩·海爾
Shannon Hale & Dean Hale

圖╱范雷韻 LeUyen Pham

譯╱黃聿君

獻給

莎拉、安、哈莉、潔咪，

以及

讓這本書得以出版的

諸位英雄。

人物介紹

木ㄇㄨˋ蘭ㄌㄢˊ花ㄏㄨㄚ公ㄍㄨㄥ主ㄓㄨˇ　　　　黑ㄏㄟ衣一公ㄍㄨㄥ主ㄓㄨˇ

花ㄏㄨㄚ女ㄋㄩˇ俠ㄒㄧㄚˊ　　搞ㄍㄠˇ定ㄉㄧㄥˋ姐ㄐㄧㄝˇ　　側ㄘㄜˋ手ㄕㄡˇ翻ㄈㄢ女ㄋㄩˇ王ㄨㄤˊ

山ㄕㄢ羊ㄧㄤˊ復ㄈㄨˋ仇ㄔㄡˊ者ㄓㄜˇ　毯ㄊㄢˇ子ㄗ公ㄍㄨㄥ主ㄓㄨˇ　巨ㄐㄩˋ人ㄖㄣˊ

第 一 章
下雪天

　　木蘭花王國大雪紛飛。大雪覆蓋山羊草原，村子裡家家戶戶的屋頂都結霜了，城堡窗外也積了一層厚厚的雪。

　　城堡裡，獨角獸酷麻花蜷縮成一團，窩在壁爐旁邊取暖。牠的下巴抵著前蹄，看著火焰舞動，昏昏欲睡。

木蘭花公主正在整理相簿。她把相片一張張黏好，還加上貼紙裝飾。她貼完一頁生日派對的照片後，嘆了一口氣。

「好想念我的公主朋友喔。」木蘭花公主說。

酷麻花點點頭。牠也想念牠的動物朋友，像是麒麟花公主的長頸鹿卡利蒲索‧皮特，還有風信子公主的嘯天虎。

「真希望生日快點到，就可以辦生日派對，把十二位公主朋友全部請來。」木蘭花公主說。

木蘭花公主沒有派對可參加，不過黑衣公主就不同了，她跟朋友約好了一起玩雪。木蘭花公主收起相簿。

　　「酷麻花，該變裝囉。」木蘭花公主一面說，一面眨眨眼。

　　外面好冷，而且酷麻花差一點就要進入夢鄉了。不過牠還是抗拒不了玩雪的誘惑。

第 二 章
雪地派對

　　山羊草原上，雪積得很深。雪地蓬鬆又柔軟，整個早上，羊群都在鬆鬆軟軟的雪地裡蹦蹦跳跳和鑽洞。等山羊凍得鼻頭發青，牧童達夫就會帶牠們回到山羊棚。

山羊棚裡有毯子讓山羊蓋著取暖，有軟軟稻草堆讓山羊躺著休息。當然，更少不了熱騰騰的可可讓山羊暢飲。達夫的眼神掃過羊群，確認牠們過得溫暖又舒適，他的工作就完成囉。

於是達夫戴上面罩，披上披風。當他離開山羊棚，就不再是牧童達夫了。

他變身成山羊復仇者！山羊復仇者跟朋友約好了要一起玩雪。

黑衣公主騎著黑旋風，一路奔馳到山羊草原。毯子公主騎著獨角獸柯尼，也慢慢爬上山羊草原。

　　「這裡的雪最適合堆東西了。我們來做一個雪怪，跟它大戰，就當練習打怪！」毯子公主說。

　　三位英雄滾好三顆大雪球，再把雪球堆在一起。他們在雪球上加了眼睛、角和爪子，接著就跟雪怪展開大戰。

他們用力揮拳，打落了頂端的雪球。他們使出飛踢，踢垮了中間的雪球。接著，三個人一起跳到最後一顆雪球上，玩得好開心。

這幾乎——幾乎——算得上是一場派對了。

當ㄉㄤ三ㄙㄢ位ㄨㄟˋ英ㄧㄥ雄ㄒㄩㄥˊ又ㄧㄡˋ重ㄔㄨㄥˊ新ㄒㄧㄣ堆ㄉㄨㄟ好ㄏㄠˇ一ㄧ
個ㄍㄜˋ雪ㄒㄩㄝˇ怪ㄍㄨㄞˋ，正ㄓㄥˋ準ㄓㄨㄣˇ備ㄅㄟˋ展ㄓㄢˇ開ㄎㄞ大ㄉㄚˋ戰ㄓㄢˋ的ㄉㄜ
時ㄕˊ候ㄏㄡˋ……

一一隻ㄓ大ㄉㄚˋ腳ㄐㄧㄠˇ把ㄅㄚˇ雪ㄒㄩㄝˇ怪ㄍㄨㄞˋ踩ㄘㄞˇ扁ㄅㄧㄢˇ了ㄌㄜ。

「踩踩！」轟隆轟隆的巨響，從好高、好遠的地方傳過來。

第 三 章
巨人來了

　　三位英雄抬頭看。是巨人！他是從哪裡來的啊？不可能是怪獸國。他這麼高大，絕對無法通過洞口。

　　「嘿，你把我們的雪怪壓扁了！」黑衣公主說。

　　「踩踩！」巨人大吼。

「喂ㄟ……你把我ㄨㄛˇ們ㄇㄣ˙的ㄉㄜ˙雪ㄒㄩㄝˇ怪ㄍㄨㄞˋ踩ㄘㄞˇ扁ㄅㄧㄢˇ了ㄌㄜ˙！」黑ㄏㄟ衣ㄧ公ㄍㄨㄥ主ㄓㄨˇ喊ㄏㄢˇ了ㄌㄜ˙回ㄏㄨㄟˊ去ㄑㄩˋ。

巨ㄐㄩˋ人ㄖㄣˊ搖ㄧㄠˊ搖ㄧㄠˊ晃ㄏㄨㄤˇ晃ㄏㄨㄤˇ的ㄉㄜ˙往ㄨㄤˇ前ㄑㄧㄢˊ踏ㄊㄚˋ一ㄧ步ㄅㄨˋ，剛ㄍㄤ好ㄏㄠˇ踩ㄘㄞˇ在ㄗㄞˋ「怪ㄍㄨㄞˋ獸ㄕㄡˋ國ㄍㄨㄛˊ」的ㄉㄜ˙路ㄌㄨˋ標ㄅㄧㄠ上ㄕㄤˋ。

「踩ㄘㄞˇ踩ㄘㄞˇ！」巨ㄐㄩˋ人ㄖㄣˊ說ㄕㄨㄛ。

「不ㄅㄨˋ要ㄧㄠˋ亂ㄌㄨㄢˋ踩ㄘㄞˇ！」毯ㄊㄢˇ子ㄗ˙公ㄍㄨㄥ主ㄓㄨˇ大ㄉㄚˋ喊ㄏㄢˇ。

巨人往旁邊一站，踏壞了達夫第二喜歡的閱讀椅。

「怪獸，別亂來！」山羊復仇者大喊。

巨人沒在聽。

他正忙著踩樹呢。

於是，一群英雄好友和巨人展開大戰。

雪球重砸！

雪橇狂擊！

英雄展開攻勢，但是巨人似乎渾然不覺。他自顧自的走掉了。一滴口水沿著巨人的嘴角落下，咚的一聲掉進雪地。口水結冰了，變成一塊大冰柱。

第 四 章
不要再亂踩了

「巨人大概沒注意到我們，或許跟他講道理，他就會懂了。」毯子公主說。

黑衣公主跳上巨人的膝蓋。她扔出繩圈，套住巨人的耳朵，再沿著繩索爬到巨人的肩膀上。

「停ㄊㄧㄥˊ下ㄒㄧㄚˋ來ㄌㄞˊ！」黑ㄏㄟ衣ㄧ公ㄍㄨㄥ主ㄓㄨˇ朝ㄔㄠˊ巨ㄐㄩ人ㄖㄣˊ的ㄉㄜ耳ㄦˇ朵ㄉㄨㄛ大ㄉㄚˋ吼ㄏㄡˇ：「你ㄋㄧˇ會ㄏㄨㄟˋ害ㄏㄞˋ別ㄅㄧㄝˊ人ㄖㄣˊ受ㄕㄡˋ傷ㄕㄤ，不ㄅㄨˋ要ㄧㄠˋ再ㄗㄞˋ亂ㄌㄨㄢˋ踩ㄘㄞˇ了ㄌㄜ……」

「踩ㄘㄞˇ踩ㄘㄞˇ！」巨ㄐㄩ人ㄖㄣˊ說ㄕㄨㄛ。巨ㄐㄩ人ㄖㄣˊ又ㄧㄡˋ蹦ㄅㄥˋ又ㄧㄡˋ跳ㄊㄧㄠˋ，黑ㄏㄟ衣ㄧ公ㄍㄨㄥ主ㄓㄨˇ從ㄘㄨㄥˊ巨ㄐㄩ人ㄖㄣˊ的ㄉㄜ肩ㄐㄧㄢ膀ㄅㄤˇ上ㄕㄤˋ摔ㄕㄨㄞ了ㄌㄜ下ㄒㄧㄚˋ來ㄌㄞˊ。

黑衣公主不偏不倚的落在黑旋風的背上。

「謝啦，黑旋風。」她說。

「踩踩？」巨人說。

巨人踩著重重的腳步，朝山羊棚走去。

「快阻擋巨人！」黑衣公主說。

山羊復仇者和毯子公主合力，拉起一條長長的繩子。他們在巨人的腳踝前面，把繩子拉得緊緊的。巨人又往前踏一步，不過他沒被繩子絆倒，更沒摔跤。

巨人就這樣繼續向前走，而兩位英雄手裡還握著繩子，被巨人拖著前進。

「哎唷。」毯子公主說。

「哇啊。」山羊復仇者說。

被ㄅㄟˋ巨ㄐㄩˋ人ㄖㄣˊ拖ㄊㄨㄛ著ㄓㄜ˙走ㄗㄡˇ，一ㄧˋ點ㄉㄧㄢˇ都ㄉㄡ不ㄅㄨˋ好ㄏㄠˇ玩ㄨㄢˊ。

「光ㄍㄨㄤ靠ㄎㄠˋ我ㄨㄛˇ們ㄇㄣˊ三ㄙㄢ個ㄍㄜˋ，沒ㄇㄟˊ辦ㄅㄢˋ法ㄈㄚˇ阻ㄗㄨˇ擋ㄉㄤˇ巨ㄐㄩˋ人ㄖㄣˊ，我ㄨㄛˇ們ㄇㄣˊ需ㄒㄩ要ㄧㄠˋ幫ㄅㄤ手ㄕㄡˇ！」黑ㄏㄟ衣ㄧ公ㄍㄨㄥ主ㄓㄨˇ說ㄕㄨㄛ。

毯ㄊㄢˇ子ㄗˇ公ㄍㄨㄥ主ㄓㄨˇ說ㄕㄨㄛ：「幫ㄅㄤ手ㄕㄡˇ？我ㄨㄛˇ想ㄒㄧㄤˇ到ㄉㄠˋ了ㄌㄜ˙！」

不ㄅㄨˋ過ㄍㄨㄛˋ黑ㄏㄟ衣ㄧ公ㄍㄨㄥ主ㄓㄨˇ沒ㄇㄟˊ在ㄗㄞˋ聽ㄊㄧㄥ，她ㄊㄚ全ㄑㄩㄢˊ部ㄅㄨˋ心ㄒㄧㄣ思ㄙ都ㄉㄡ放ㄈㄤˋ在ㄗㄞˋ巨ㄐㄩˋ人ㄖㄣˊ身ㄕㄣ上ㄕㄤˋ。巨ㄐㄩˋ人ㄖㄣˊ繼ㄐㄧˋ續ㄒㄩˋ往ㄨㄤˇ前ㄑㄧㄢˊ走ㄗㄡˇ，就ㄐㄧㄡˋ快ㄎㄨㄞˋ走ㄗㄡˇ到ㄉㄠˋ山ㄕㄢ羊ㄧㄤˊ棚ㄆㄥˊ了ㄌㄜ。

第 五 章
大鬧山羊棚

「飛呀!黑旋風,飛呀!」

黑旋風一路奔馳到山羊棚。黑衣公主跳下馬背,匆匆忙忙的甩開山羊棚大門。

「你們趕快出來!」她說。

有一隻山羊，慢慢的喝了一小口熱可可。

　　「你們快點逃出去避難！」黑衣公主說。

　　另一隻山羊，揚起一邊眉毛。看樣子，在這一群山羊眼裡，身處險境似乎是家常便飯了。

「踩踩！」羊棚外傳來巨人的喊叫聲。

山羊們紛紛扔下熱可可，拔腿向外狂奔。

有人說山羊不會奔跑，顯然是錯了。山羊會奔跑，尤其是有巨人逼近、快被踩扁的時候，更是拼了命狂奔。

巨人撿起空蕩蕩的山羊棚，塞進嘴巴，啃咬了兩下。

「踩踩？」巨人問。

巨人把山羊棚扔掉。山羊棚斷成了兩半，上面還沾滿黏呼呼的口水。

「踩踩？」巨人大聲咆哮，踩著重重的步伐離開了。

「他好像不太開心，可能是甘藍菜吃太多了。我每次吃太多甘藍菜，肚子就會不舒服。」毯子公主說。

「我們眼前的問題，應該不是甘藍菜。」黑衣公主說。

黑衣公主往前一指。巨人朝著村子走去。

「我們得在他毀掉村子前阻擋他。」山羊復仇者說。

「要怎麼阻擋？」黑衣公主問：「光靠我們三個，絕對打不過巨人！」

「或許我們可以找幫手。」毯子公主說。她一手舉起粉紅色寶石，一手舉起手電筒。

「好耶！閃光信號！」黑衣公主說。

毯子公主打開手電筒，照向粉紅色寶石。手電筒的光束穿透寶石，在天空投射出一閃一閃的光芒。

第 六 章
閃光信號

　　在金銀花王國，厚厚的積雪高及窗口，大家都躲在家裡，度過溫暖舒適的一天。

　　狼兒毛毛躺在壁爐旁，四腳朝天。爐火好溫暖，像是有一條大毯子蓋在身上，毛毛覺得眼皮好沉重。

「毛毛，你看！」金銀花公主說。

毛毛不想看。牠差那麼一點點就要進入夢鄉了。不過，牠還是站起來，小跑步到金銀花公主身邊。金銀花公主指著窗外的天空。

陰沉沉的天空，出現一朵粉紅色小花，閃閃發亮。

「是閃光信號！」金銀花公主說：「我們的朋友需要幫手！」

毛毛的心臟噗通噗通狂跳。睡午覺這件事，已經被拋到九霄雲外了。

　　金ㄐㄧㄣ銀ㄧㄣˊ花ㄏㄨㄚ公ㄍㄨㄥ主ㄓㄨˇ和ㄏㄜˊ毛ㄇㄠˊ毛ㄇㄠ趕ㄍㄢˇ緊ㄐㄧㄣˇ變ㄅㄧㄢˋ裝ㄓㄨㄤ。變ㄅㄧㄢˋ身ㄕㄣ完ㄨㄢˊ成ㄔㄥˊ，側ㄘㄜˋ手ㄕㄡˇ翻ㄈㄢ女ㄋㄩˇ王ㄨㄤˊ和ㄏㄜˊ忠ㄓㄨㄥ犬ㄑㄩㄢˇ小ㄒㄧㄠˇ乖ㄍㄨㄞ登ㄉㄥ場ㄔㄤˇ。

金銀花公主跳到小乖背上，小乖向前飛奔。小乖跑得有多快？全世界戴著狗項圈的狼，都沒有跑這麼快的。

「我們抄捷徑，穿過麒麟花王國吧！」側手翻女王說。

小乖吠了一聲。雖然現在是冬天，但是跑了一陣子，全身變得暖呼呼的，和窩在壁爐旁邊一樣溫暖。

側手翻女王和小乖忙著向前衝，沒注意到麒麟花公主和她的長頸鹿就在附近，搭著雪橇從山坡上滑下來。

「你看！」麒麟花公主指著閃光信號說。

「嗯啊。」卡利蒲索・皮特一面說，一面伸出左前蹄，指了指騎著大狗的蒙面英雄。

「那ⁿ個ᵍᵉ閃ˢʰᵃⁿ光ᵍᵘᵃⁿᵍ信ˣⁱⁿ號ʰᵃᵒ，或ʰᵘᵒ許ˣᵘ是ˢʰⁱ求ᵠⁱᵘ救ʲⁱᵘ訊ˣᵘⁿ號ʰᵃᵒ。」麒ᵠⁱ麟ˡⁱⁿ花ʰᵘᵃ公ᵍᵒⁿᵍ主ᶻʰᵘ說ˢʰᵘᵒ。

「如ʳᵘ果ᵍᵘᵒ有ʸᵒᵘ人ʳᵉⁿ求ᵠⁱᵘ救ʲⁱᵘ，英ʸⁱⁿᵍ雄ˣⁱᵒⁿᵍ一ʸⁱ定ᵈⁱⁿᵍ會ʰᵘⁱ回ʰᵘⁱ應ʸⁱⁿᵍ。卡ᵏᵃ利ˡⁱ蒲ᵖᵘ索ˢᵘᵒ・皮ᵖⁱ特ᵗᵉ，我ʷᵒ們ᵐᵉⁿ要ʸᵃᵒ變ᵇⁱᵃⁿ身ˢʰᵉⁿ上ˢʰᵃⁿᵍ場ᶜʰᵃⁿᵍ囉ˡᵘᵒ。」

第 七 章
新的英雄登場

　　黑衣公主、毯子公主和山羊復仇者站在巨人面前，一面揮舞雙臂，一面大喊：「停下來！」「滾回去！」還有：「離村子遠一點！」

　　巨人大喊：「踩踩？」。

47

巨人伸出巨大的手掌，一把撈起三位英雄。巨人抓起山羊復仇者，把他的腿往嘴裡塞。

　　「不准吃山羊復仇者！」黑衣公主說。

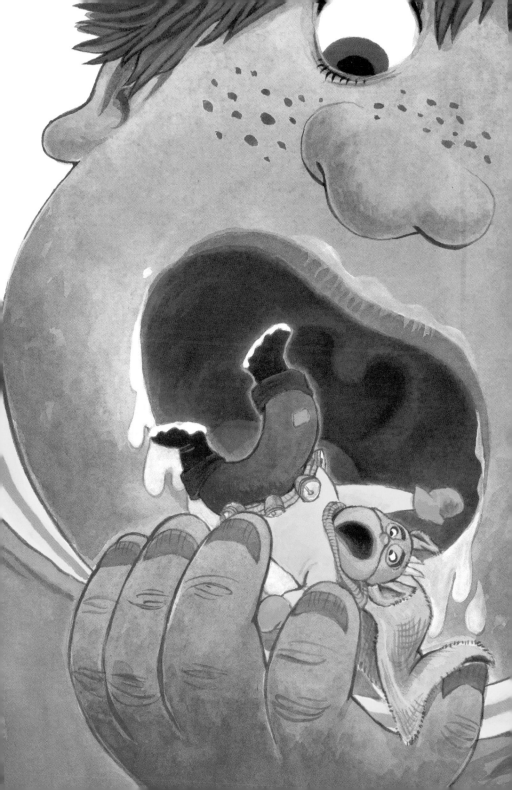

不ㄅㄨˊ過ㄍㄨㄛˋ，巨ㄐㄩˋ人ㄖㄣˊ沒ㄇㄟˊ吃ㄔ掉ㄉㄧㄠˋ山ㄕㄢ羊ㄧㄤˊ復ㄈㄨˋ仇ㄔㄡˊ者ㄓㄜˇ。因ㄧㄣ為ㄨㄟˋ巨ㄐㄩˋ人ㄖㄣˊ沒ㄇㄟˊ有ㄧㄡˇ長ㄓㄤˇ牙ㄧㄚˊ齒ㄔˇ，只ㄓˇ是ㄕˋ用ㄩㄥˋ上ㄕㄤˋ下ㄒㄧㄚˋ兩ㄌㄧㄤˇ排ㄆㄞˊ牙ㄧㄚˊ齦ㄧㄣˊ咬ㄧㄠˇ了ㄌㄜ˙山ㄕㄢ羊ㄧㄤˊ復ㄈㄨˋ仇ㄔㄡˊ者ㄓㄜˇ，說ㄕㄨㄛ了ㄌㄜ˙聲ㄕㄥ：「踩ㄘㄞˇ踩ㄘㄞˇ……」然ㄖㄢˊ後ㄏㄡˋ就ㄐㄧㄡˋ扔ㄖㄥ下ㄒㄧㄚˋ三ㄙㄢ位ㄨㄟˋ英ㄧㄥ雄ㄒㄩㄥˊ。

倒栽蔥似的摔進雪堆裡，一點都不好玩。山羊復仇者的褲子，被巨人的口水浸得濕答答，但現在可不是換褲子的時候。巨人離村子愈來愈近了。

　　就在這個時候，三位新英雄出現了。

「你們看！」山羊復仇者一面擰乾褲子，一面說：「是側手翻女王、搞定姐和花女俠！」

「她們一定是看到了閃光信號！」毯子公主說。

「沒錯！」側手翻女王說。她在雪地上來了一個側手翻。「需要三位英雄助你們一臂之力嗎？」

「四個英雄如何呢？」又出現了一位新英雄。

六位英雄倒吸一口氣。

「我ㄨㄛˇ也ㄧㄝˇ看ㄎㄢˋ到ㄉㄠˋ了ㄌㄜ˙閃ㄕㄢˇ光ㄍㄨㄤ信ㄒㄧㄣˋ號ㄏㄠˋ。」
新ㄒㄧㄣ英ㄧㄥ雄ㄒㄩㄥˊ說ㄕㄨㄛ：「我ㄨㄛˇ叫ㄐㄧㄠˋ跳ㄊㄧㄠˋ房ㄈㄤˊ子ㄗ˙女ㄋㄩˇ
俠ㄒㄧㄚˊ，這ㄓㄜˋ位ㄨㄟˋ是ㄕˋ我ㄨㄛˇ的ㄉㄜ˙夥ㄏㄨㄛˇ伴ㄅㄢˋ……」

「長ㄔㄤˊ頸ㄐㄧㄥˇ鹿ㄌㄨˋ？」山ㄕㄢ羊ㄧㄤˊ復ㄈㄨˋ仇ㄔㄡˊ者ㄓㄜˇ
說ㄕㄨㄛ。

「當ㄉㄤ然ㄖㄢˊ不ㄅㄨˋ是ㄕˋ，嘶ㄙ嘶ㄙ先ㄒㄧㄢ生ㄕㄥ是ㄕˋ蛇ㄕㄜˊ！」跳ㄊㄧㄠˋ房ㄈㄤˊ子ㄗˇ女ㄋㄩˇ俠ㄒㄧㄚˊ說ㄕㄨㄛ。

「喔ㄛ。」山ㄕㄢ羊ㄧㄤˊ復ㄈㄨˋ仇ㄔㄡˊ者ㄓㄜˇ說ㄕㄨㄛ。

「我ㄨㄛˇ們ㄇㄣ˙本ㄅㄣˇ來ㄌㄞˊ以ㄧˇ為ㄨㄟˊ有ㄧㄡˇ三ㄙㄢ位ㄨㄟˋ英ㄧㄥ雄ㄒㄩㄥˊ會ㄏㄨㄟˋ來ㄌㄞˊ，來ㄌㄞˊ了ㄌㄜ˙四ㄙˋ位ㄨㄟˋ更ㄍㄥˋ好ㄏㄠˇ！」黑ㄏㄟ衣ㄧ公ㄍㄨㄥ主ㄓㄨˇ說ㄕㄨㄛ。

「再ㄗㄞˋ多ㄉㄨㄛ幾ㄐㄧˇ位ㄨㄟˋ呢ㄋㄜ˙？」又ㄧㄡˋ有ㄧㄡˇ新ㄒㄧㄣ英ㄧㄥ雄ㄒㄩㄥˊ問ㄨㄣˋ。

「哇！」搞定姐說。

「嘩！」花女俠說。

「天啊！」毯子公主說。

「你ⁿ們ⁿ是ⁿ誰ⁿ？」山ⁿ羊ⁿ復ⁿ仇ⁿ者ⁿ
問ⁿ。

新登場的英雄紛紛自我介紹。

閃亮姐和她的獨角鯨——超吸睛！

彩虹姐和她的獅子——吼吼王！

「有好多英雄……」山羊復仇者話還沒說完，就被更多的自我介紹打斷了。

搖滾女神和她的章魚——抱抱章！

飛行員紫羅蘭
和她的飛機——
銀鈴號！

「我的媽媽咪啊，來了這麼多位英雄……」毯子公主話才說一半，就被更多的自我介紹打斷了。

防_{ㄈㄤ}晒_{ㄕㄞ}大_{ㄉㄚ}師_ㄕ
和_{ㄏㄢ}她_{ㄊㄚ}的_{ㄉㄜ}海_{ㄏㄞ}蝸_{ㄍㄨㄚ}牛_{ㄋㄧㄡ}——
瘦_{ㄕㄡ}瘦_{ㄕㄡ}蝸_{ㄍㄨㄚ}！

超_{ㄔㄠ}級_{ㄐㄧ}喵_{ㄇㄧㄠ}
和_{ㄏㄢ}她_{ㄊㄚ}的_{ㄉㄜ}美_{ㄇㄟ}喵_{ㄇㄧㄠ}魚_ㄩ——
呼_{ㄏㄨ}嚕_{ㄌㄨ}嚕_{ㄌㄨ}！

無ㄨˊ影ㄧㄥˇ腳ㄐㄧㄠˇ！

和ㄏㄢˋ……
衣ㄧ帽ㄇㄠˋ架ㄐㄧㄚˋ！

「呃ㄜ……」黑ㄏㄟ衣ㄧ公ㄍㄨㄥ主ㄓㄨ環ㄏㄨㄢ顧ㄍㄨ四ㄙ周ㄓㄡ說ㄕㄨㄛ：「大ㄉㄚ家ㄐㄧㄚ都ㄉㄡ自ㄗˋ我ㄨㄛˇ介ㄐㄧㄝ紹ㄕㄠ過ㄍㄨㄛ了ㄌㄜ嗎ㄇㄚ？」

新ㄒㄧㄣ登ㄉㄥ場ㄔㄤˇ的ㄉㄜ英ㄧㄥ雄ㄒㄩㄥ和ㄏㄢˋ她ㄊㄚ們ㄇㄣ的ㄉㄜ夥ㄏㄨㄛˇ伴ㄅㄢˋ全ㄑㄩㄢ都ㄉㄡ點ㄉㄧㄢˇ點ㄉㄧㄢˇ頭ㄊㄡ。

「噢ㄨˋ，太ㄊㄞ好ㄏㄠˇ了ㄌㄜ！因ㄧㄣ為ㄨㄟˋ我ㄨㄛˇ們ㄇㄣ碰ㄆㄥˋ上ㄕㄤˋ大ㄉㄚ麻ㄇㄚˊ煩ㄈㄢˊ，村ㄘㄨㄣ子ㄗˇ就ㄐㄧㄡˋ快ㄎㄨㄞˋ要ㄧㄠˋ被ㄅㄟˋ踩ㄘㄞˇ扁ㄅㄧㄢˇ啦ㄌㄚ。」黑ㄏㄟ衣ㄧ公ㄍㄨㄥ主ㄓㄨ說ㄕㄨㄛ。

63

第 八 章
哭泣的巨人

「我家有時候會把我的小弟放進圍欄，免得他亂啃蠟燭。」飛行員紫羅蘭說：「我們有沒有超大圍欄，可以把巨人關起來，防止他吃掉村子？」

「我有繩子！」毯子公主說。她出門總會多帶幾條繩子備用，還有毯子也是。

「兩位英雄加上一條繩子，沒辦法攔下巨人，但是現在有好多英雄，還有好多條繩子，說不定可以拉出一個圍欄！」黑衣公主說。

「我ㄨㄛˇ們ㄇㄣˊ飛ㄈㄟ行ㄒㄧㄥˊ組ㄗㄨˇ的ㄉㄜ˙英ㄧㄥ雄ㄒㄩㄥˊ，就ㄐㄧㄡˋ負ㄈㄨˋ責ㄗㄜˊ分ㄈㄣ散ㄙㄢˋ巨ㄐㄩˋ人ㄖㄣˊ的ㄉㄜ˙注ㄓㄨˋ意ㄧˋ力ㄌㄧˋ吧ㄅㄚ˙。」花ㄏㄨㄚ女ㄋㄩˇ俠ㄒㄧㄚˊ說ㄕㄨㄛ。

花ㄏㄨㄚ女ㄋㄩˇ俠ㄒㄧㄚˊ騎ㄑㄧˊ著ㄓㄜ˙飛ㄈㄟ天ㄊㄧㄢ馬ㄇㄚˇ，繞ㄖㄠˋ著ㄓㄜ˙巨ㄐㄩˋ人ㄖㄣˊ的ㄉㄜ˙頭ㄊㄡˊ飛ㄈㄟ行ㄒㄧㄥˊ。飛ㄈㄟ行ㄒㄧㄥˊ員ㄩㄢˊ紫ㄗˇ羅ㄌㄨㄛˊ蘭ㄌㄢˊ和ㄏㄢˋ銀ㄧㄣˊ鈴ㄌㄧㄥˊ號ㄏㄠˋ也ㄧㄝˇ跟ㄍㄣ著ㄓㄜ˙俯ㄈㄨˇ衝ㄔㄨㄥ襲ㄒㄧˊ擊ㄐㄧˊ。巨ㄐㄩˋ人ㄖㄣˊ停ㄊㄧㄥˊ下ㄒㄧㄚˋ腳ㄐㄧㄠˇ步ㄅㄨˋ，抬ㄊㄞˊ頭ㄊㄡˊ看ㄎㄢˋ他ㄊㄚ們ㄇㄣˊ。

「踩ㄘㄞˇ踩ㄘㄞˇ？」巨ㄐㄩˋ人ㄖㄣˊ說ㄕㄨㄛ。

地面上，每位英雄都從毯子公主那兒分到一捆繩子。英雄在草原上四處飛奔，把繩子綁在樹上再拉緊。沒多久，巨人就被繩網圍欄困住了。

巨人想繼續往村子走，可是防護網好高，巨人跨不過去。巨人又拉又扯，還是突破不了防護網。

英雄準備歡呼！

可是巨人卻哭了起來。

「等等，現在是什麼狀況？」山羊復仇者說。

「踩……踩……」巨人嗚咽著說。

英雄們呆站在原地。

沒人知道巨人哭了該怎麼辦。

第 九 章
又來了一個巨人

巨人哭個不停，一顆顆巨大的淚珠，把雪地融成一片泥濘。

「怎麼辦呢？」山羊復仇者小聲問。

沒人聽得到他說了什麼。聲音全被巨人的啜泣聲蓋掉了。

「轟隆！」遠方群山間，突然傳來一聲巨響。

「好像有暴風雨要來了。」
搞定姐說。

彩虹姐抬頭看天空，晴空萬里。「這就怪了。」她說。

「嗯，真的很怪。」防晒大師說。

「轟隆、 轟隆、 轟隆隆！」那聲音聽起來，像極了怒吼。

飛行員紫羅蘭騎著銀鈴
號，在天空盤旋。她仔細瞧瞧
群山說：「沒有暴風雨要來
呢。」

　　花女俠騎著飛天馬，跟飛
行員紫羅蘭一起巡視。

　　「有人來了。」花女俠說。

接下來，轟隆轟隆的巨響中，夾帶著震耳欲聾的說話聲。

「我的……小寶貝……在哪裡？」

一個更高、更大的巨人出現了，腳步聲轟隆轟隆，說話聲像雷鳴。她的身軀好龐大，一步就跨過了山羊草原。她的個子好高，聳入雲霄，頭髮上沾滿了雲朵。

「乖寶貝，你迷路了嗎？」大巨人說。

「踩踩……」小巨人說：「踩踩不見了」。

大巨人伸出一隻超大的烏賊布偶，一面遮給小巨人，一面說：

「彩彩在這裡。」

「彩彩！」小巨人開心的尖叫。他接過布偶，緊緊抱在懷裡。

「我們回家囉。」巨人媽媽說。她把巨人寶寶抱出繩網圍欄，回頭往山的方向走。沒走幾步，她的身影就消失在群山裡。

第 十 章
雪球大戰

　　全體英雄看得目瞪口呆，傻傻的站在原地。

　　「所以……那是小寶寶？」山羊復仇者說：「那個又高又壯又龐大的巨人，真的只是一個小寶寶？」

你看看我，我看看你，英雄們全都笑了起來。

他們笑到不支倒地。既然都躺在雪地上了，不如就來做雪天使吧。他們揮舞四肢，在雪地做出雪天使。

做好雪天使後，英雄們蓋起雪城堡。

接下來，遊戲自然而然演變成雪球大戰。這可不是普通的雪球大戰喔，是他們玩過規模最浩大的雪球大戰。

「這ㄓㄜˋ才ㄘㄞˊ叫ㄐㄧㄠˋ派ㄆㄞˋ對ㄉㄨㄟˋ嘛ㄇㄚ。」黑ㄏㄟ衣ㄧ公ㄍㄨㄥ主ㄓㄨˇ說ㄕㄨㄛ。

「我們應該常常約出來玩。」防晒大師說。

「對！一星期一次！」無影腳說。

「一一星期約一次，大家聯絡感情。」跳房子女俠說。

「還有，討論英雄們可以一起做哪些事情。」閃亮姐說。

「還有，一起開心玩耍。」搖滾天后說。

「跟我想的一樣。」黑衣公主說。說著說著，她又捏好一個雪球。

一起玩雪吧！

關 鍵 詞

Keywords

單元設計｜**李貞慧**
（國立臺灣大學外國語文學系研究所碩士，現任國中英語教師）

❶ **a whisker away**
只差一步之遙、很接近　片語

It was cold outside. And Firmplepants had been just a whisker away from a nap.

外面好冷，而且酷麻花差一點就要進入夢鄉了。

❷ mighty 強而有力的、強大的 (形容詞)

The heroes knocked off the top part with mighty punches.

英雄們用力揮拳，打落了頂端的雪球。

※ "part" 這個字是「部分」的意思，在故事裡 "the top part" 指的是英雄們堆的三顆大雪球中，置於最頂端的那一顆雪球。

❸ sideways 向旁邊 (副詞)

The giant took a step sideways.

巨人往旁邊一站。

④ icicle 冰柱 名詞

The giant froze into a lumpy icicle.

巨人凍成了一塊冰柱。

⑤ lassoed
（用套索）捕捉，套住 動詞lasso過去式

She lassoed the giant's ear and climbed the rope to his shoulder.

她扔出繩圈，套住巨人的耳朵，再沿著繩索爬到巨人的肩膀上。

❻ call 呼叫、召喚、打電話 （名語）

Maybe the signal is
a call for help. And
the hero answers
the call.

那個訊號或許是求救
訊號。有人求救，
英雄就會回應。

❼ gnawed 啃咬、咀嚼 （動詞gnaw過去式）

But the toothless giant didn't eat the
Goat Avenger. He just gnawed on him
with his gums.

不過，沒有牙齒的巨人
沒有吃掉山羊復仇者。
他只是用上下兩排牙齦
咬了咬山羊復仇者。

❽ **waged** 進行　動詞wage過去式

So the new heroes waged introductions.

新登場的英雄進行自我介紹。

※wage當名詞有「薪水、工資」的意思

❾ **turned** 變成　動詞turn過去式

Giant tears turned the snow to slush.

一顆顆巨人的淚珠,把雪融成一片泥濘。

※當名詞有「轉彎、回轉、輪流」的意思。
例句:The car made a right turn. 那輛汽車向右轉。
This is my turn. 這次輪到我了。

閱讀想一想
Think Again

❶ 在非常寒冷的天氣，如果想跟朋友到戶外玩耍，該做好哪些保暖措施呢？

❷ 當故事裡的英雄們看到求救訊號，會立刻起身前往幫忙。如果你發現有人需要協助，你會怎麼做呢？

❸ 英雄們發現巨人寶寶說「踩踩」，原來只是在找他的玩具，並不是真的要去踩毀村莊，這在人際溝通上，帶給你什麼樣的想法？

❹ 有越來越多公主加入英雄的陣營，你覺得這傳達了什麼訊息？

國家圖書館出版品預行編目(CIP)資料

公主出任務. 8, 巨大的麻煩 / 珊寧.海爾(Shannon Hale), 迪
恩.海爾(Dean Hale)文；范雷韻(LeUyen Pham)圖；黃聿君譯.
-- 初版. -- 新北市：遠足文化事業股份有限公司字畝文化,
2022.06
　　面；　公分
譯自：The princess in black and the giant problem

ISBN 978-626-7069-48-6(平裝)
874.596　　　　　　　　　　111000775

公主出任務8：巨大的麻煩
The Princess in Black and the Giant Problem

作者｜珊寧・海爾 & 迪恩・海爾 Shannon Hale, Dean Hale
繪者｜范雷韻 LeUyen Pham　譯者｜黃聿君

字畝文化創意有限公司

社長兼總編輯｜馮季眉　責任編輯｜陳心方
美術設計｜盧美瑾

出版｜字畝文化／遠足文化事業股份有限公司
發行｜遠足文化事業股份有限公司（讀書共和國出版集團）
地址｜231 新北市新店區民權路108-2號9樓
電話｜(02)2218-1417　傳真｜(02)8667-1065
客服信箱｜service@bookrep.com.tw　網路書店｜www.bookrep.com.tw
團體訂購請洽業務部(02) 2218-1417 分機1124

法律顧問｜華洋法律事務所　蘇文生律師
印　　製｜中原造像股份有限公司

2022 年 6 月　初版一刷　2024 年 6 月　初版七刷
定價｜300元　書號｜XBSY0049　ISBN｜9786267069486

THE PRINCESS IN BLACK AND THE GIANT PROBLEM
Text copyright © 2020 by Shannon and Dean Hale
Complex Chinese translation copyright © 2022 by WordField Publishing Ltd, a Division of WALKERS CULTURAL
ENTERPRISE LTD.
Published by arrangement with Writers House, LLC through Bardon-Chinese Media Agency
ALL RIGHTS RESERVED
PRINCESS IN BLACK AND THE GIANT PROBLEM
Illustrations Copyright © 2021 by LeUyen, Pham
Originally published by Candlewick Press Published by arrangement with Pippin Properties,
Inc. through Rights People, London.

特別聲明：有關本書中的言論內容，不代表本公司／出版集團之立場與意見，文責由作者自行承擔。